꽃의 변신

형상시인선 33 권순우 시집

꽃의 변신

인쇄 | 2021년 10월 10일
발행 | 2021년 10월 15일

글쓴이 | 권순우
펴낸이 | 장호병
펴낸곳 | 북랜드
　　　　06252 서울 강남구 강남대로 320, 황화빌딩 1108호
　　　　41965 대구시 중구 명륜로12길 64(남산동)
　　　　대표전화 (02)732-4574, (053)252-9114
　　　　팩시밀리 (02)734-4574, (053)252-9334
　　　　등록일 | 1999년 11월 11일
　　　　등록번호 | 제13-615호
　　　　홈페이지 | www.bookland.co.kr
　　　　이-메일 | bookland@hanmail.net

책임편집 | 김인옥
교　　　열 | 전은경 배성숙

ISBN 978-89-7787-063-5 03810
ISBN 978-89-7787-064-2 05810 (E-book)

값 10,000원

형상시인선 33

꽃의 변신

권순우 시집

북랜드

자서 自序

쇠풀에 엉덩이 찔린 달밤 산길에
홀로 앉은 고라니, 앵두처럼 붉은 똥을 눕니다

낮을 지나면 밤이 오듯
기쁨 지나면 슬픔 온다는 걸 알려 주려고
반질반질한 순리를 싸지르고는
놀란 눈으로 달아납니다

울음소리 슬픈 고라니가
풀덤불 속으로 뫼비우스의 띠 같은
없던 산길을 새로이 냅니다

무덤과 무덤 사이는 고라니가 눈 똥

공깃돌처럼 허물어진 내 젖가슴도
진화를 꿈꾸는 오늘입니다

      – 자시自詩 〈섬, 고라니에게 묻다〉 전문

      2021년 가을 권순우

차례

2 목련나무 이발소

3 매화서옥도

4 염낭거미론

1
디아스포라의 슬픔

좁다

내다 버리려던 책상이
엘리베이터에 들어가지 않는다

마지막 날 신께서
아담의 갈비뼈로 빚었다는 나
유통기한은 얼마쯤 남았을까

내가 나온 하늘의 문
나 들어갈 때 좁아지면 어쩌지?

처음 책상을 사 올 때
들어왔던 문이 왜 좁아진 것일까

내 안일의 무게에 눌려 책상이
펑퍼짐해진 것 아닐까?

난데없이 밀려오는
어지럼증

황금비율

후투티는 몬드리안이다
수미상관법을 아는 화가의 눈치다

네모 논두렁 지날 때
물도화지 논 위를 날아다니던 그가
마지막 남긴 작품 꺼병이보다
후투티는 날개가 한결 아름답다

후투티, 후투티 부르면
푸우푸우 울면서 산비알에서 내려올 것 같은
시묘살이 봄비도
해토 방죽 길에서 만나 말랑해진다

엄지발가락으로 밟는 맛에
보리 양식 떨어진 줄 몰라도 난 좋았다

몬드리안보다 우아하게
펼친 날개는 검은 줄무늬 데칼코마니

털붓 꽁지 세우고 깝죽거린다

꽃의 변신

'믿음만 주시면 싼 이자로 드리겠습니다'

날개 위에 쓴 일수대출 폰 번호가 빤히 나를 올려다본다
어젯밤 읽다 둔 시집 책갈피, 춘삼월도 아닌데
호롱불 쫓아 날아든 범나비

오토바이 타고 일지매처럼 획획 뿌리는
화투장보다 조금 큰 목단꽃을 표창으로 던지는 것은
사회윤리에 반하는 불법
그래서 이번에는 범나비를 던진 것이다

그걸 주워 가면 백 장 한 묶음에 백 원을 받는다는 아주머니를
어제 나는 단골 미장원에서 만났다

이 사이로 침 찍찍거리며 던지던 오토바이 주인
그걸 왜 집어 가냐며 큰소리치길래
'당신들 이거 불법 아니냐'고 맞불을 놓은 아주머니는

아직도 자신이 목단꽃인 줄 안다

비리의 온상에 그려진 일수대출
목단의 열은 고스톱에선 대접받지 못했어도
훨훨 범나비 떼 불러들인 게 틀림없다

허리 굽혀 붉은 꽃 한 송이 주우려다
아뿔싸! 내가 나비를 잡았다

삼척 기행

환선굴에 사는 꼬리치레도롱뇽
퉁주발 눈으로 긴 꼬리 흔들며
산란 장소 찾아 물살을 거슬러 오른다
밖은 30도인데 안은 섭씨 10도
지형이나 물이 바뀌면 생태계도 바뀐다던가
두 개씩 쌍으로 바위나 흙에 붙여 놓은 알이
동구 밖 돌아오던 굴렁쇠 같다
봉태기에 넣어둔 노랑병아리를
이모할머니 몰래 이불 속 내 팔에 품었다가
이튿날 아침 납작하게 숨진 기억에서도
앞발이 네 개 뒷발 다섯 개 발톱은 자란다
오직 꽃을 딴 자만이 머리에 월계관을 쓸 수 있는
꼬리 떨어진 계곡물은 부화를 꿈꾸는 1급수
이끼나 낙엽이 억만 겹 지층으로 쌓여도
하루 이동 거리가 1미터 안 넘는다는 도롱뇽
끙끙거리는 수컷의 방사는 전쟁터를 방불케 한다
육상거머리에게 잡아먹히면서도
적게 먹고 적게 움직인다, 주장하는

몽고반점 도롱뇽의 대륙이동설

산이 물을 건너지 못하자, 물이
산 옆구리 껴안고 맨발로 돌아간다

수성못 이발사

도루코 면도날로 갈대 수염 밀어내고도
관자놀이 펄펄 뛰는 수성못

당신이 웅크렸던 허리 펴고 앉은 벤치 아래
잉어의 민낯도 환하다

주둥이 날갯죽지에 묻은 흰 오리 배는
오수에 눈 먼 거위의 춘정에
상화 동산 매화나무더러 얼른 꽃 피라 한다

미세 먼지 농도 68 따위 알아도 모른 체
비누 거품 지느러미 붓질하던 금잔디
초록 속잎 틔우라고 낙화를 노래한 건
삼라만상이 그믐달로 이울 무렵
시비詩碑 속 독락당에 은거한 상화도 알기 때문이다

노숙의 어제를 말끔히 밀어낸 얼굴도
조각조각 물거울 깨어지기 전 덩달아
훤한 얼굴로 슬그머니 돌아간다

18

배 젖은 물오리는 나비넥타이 매고서야
봄나들이 나온 상춘객을 맞는다

망각곡선

낮달이 망초꽃에 들 무렵
바퀴에 흙 묻은 화물차가
산 옆구리를 치고 달려갔다

건들장마 뒤따라가다
거머리에 물린 단발머리 아이는
붉은 다리를 끌고
무심코 가 닿은 벽오동역

수탉의 볏 산기슭 너와집에는
쌍심지 세우던 거위와
손톱 물어뜯던 아이가 살아서
막대기 주워 들고 하늘 문 노크한다

헌 갓 쓰고 똥 누기 예사라던
남자의 오입은
지금 어느 낯선 마을에 들었는가

거위 알 두 개 까맣게 잊어버린
내 얼굴의 홍조가
공으로 얻어 탄 열차 칸처럼
저녁 내내 뜨겁다

도깨비, 추석

코로나19에 발목 붙잡혀
서울로 역귀성하지 못한 이번 추석엔
울타리에 피고 지는 치자꽃
고향 집 어머니를 뵌 듯 반갑다

냉장고 위 칸에 손을 넣자
땡볕 배부르게 파먹은 둥근 치자의 속눈썹이
성에 옷 걸쳐 입고 반짝거린다

사발물에 풍덩 빠져
깨문 어금니 우려내고 보니 황홍색

검은 속곳 차례로 벗긴 우엉에 발라주자
노랑 치마저고리 가지런히 받쳐 입은 자태가
더할 나위 없이 곱다

누마루 빗장뼈에 닿아서도
칼자루 빙글빙글 돌리며 곱사등이 발목 잡던 하얀 꽃

지붕 사래 끝, 귀면와鬼面瓦가
서울 길 가로막은 코로나바이러스를
송곳니로 잘근잘근 깨물고 있다

뜨는 해, 지는 해

허공 뻥뻥 차던 할아버지 물러나자
아이는 할머니와 보라색 공을 주고받는다

오전엔 학교 운동장에서
오후엔 중앙공원 풀밭에서
뜨는 해와 지는 해가 주고받는 마음

인절미 두어 개 먹고
바람 쫓는 표창 따라 너풀너풀 춤추던 아이가
죽은 벌 장사 지낸 무덤 앞에 십자가를 세운다

저녁밥 먹고 나온 한가위 달이 어둠 낀 운동장
두리번거리다 별 무덤 앞에 고개 숙인 조문

여북해야 어린 딸 데리고 나온 아저씨가
공을 받아 줄까, 지칠 줄 모르는 아이가
양재천 징검다리 건너왔다 건너간다

꽃무릇 포토 존에서 사진 찍자며 무소불위 힘자랑을 한다

거꾸로 돌아가는 세월에도 뜨고 지는 해
비행기 날리는 아이의 손이
풋보리 등처럼 푸르다

율곡로에서

정조의 능행 깃발 펄럭이는 율곡로는
눈 맛 좋은 거리다

70년대 샘터 읽으면서 알게 된
'계동 공간 사옥은 건축계의 거장 김수근의 자취다'

전돌로 지은 지붕은 담쟁이덩굴로 보이지 않고
실내에 드니 외국 작가의 주황색 자동차가
삽사리 두 발 모으듯 엎디었다

낯설지 않은 백남준의 비디오아트 퍼즐 맞추기를 끝낸 듯
돌아서며
꼽사리 낀 방으로 이어지는 구조가
건축에 문외한인 내게 느낌표를 선사한다

정주영 회장이 소 몰고 군사분계선 넘던
현대사옥 후원이 담장 너머 한눈에 들어온다

노부인 둘이서 족구 즐기는 마당에는
오백 년은 됨 직한 회화나무가 조망권에 들어
대청 격자문살이 내 엄지발가락을 간질인다

붉은 석류 아래 이를 잡는 까치 두 마리는
김기창 화백 솜씨다

인걸은 가고 없어도 뿌리박은 학자의 입김
시래꽃 밥집 찾느라 오르내린 허기로
골목이 반지르르하다

물꼬, 트이다

구불거리는 물뱀의 수로
방죽 길에 오른 가을이 내 오른쪽 팔을 낀다

방아깨비와 빼빼가 짝짓기 하는 논두렁
사마귀는 톱니바퀴 손으로 나락을 벤다

배롱나무 줄기 타고 오른 칡넝쿨이
백일홍꽃 배부르게 따 먹고 목젖 벌린 선하품

익모초 겨드랑이에 긴 침 꽂은 청벌은
쓴 가을볕 뒷맛 또한 달다며 이구동성이다

내가 사는 세상 정치판은
먹고 먹히는 먹이사슬과 다르지 않아
죽간 닳도록 시경을 읊은 억새 공자는
유려한 달관의 붓질이다

내 갈 길 깝치다
오늘 허수아비가 되고 보니

수로 문리 트이듯 시정에 빠진 나는
가창 하늘 하현달 지는 줄 모른다

디아스포라의 슬픔

'샤갈 러브 앤 라이프전'은
한 생을 기록한 한 권의 시집이다

언젠가 인사동에 들렀을 때 샤갈전 보자 하니,
옆 짝이 싫다 했다

꽃바구니 앞에 선 나부와 신랑이 붕 떠 있는 청색
그날의 신비는 혼자 보고 받아온 두루마리 그림
내 방 초상화 옆에 놓여 있다

염소 기르고 농사짓던 러시아 떠나
파리를 떠돌다 건너간 미국에서
팔레스타인을 여행하다 그는
자신이 이스라엘 백성임을 깨달았다 한다

다윗을 모델로 뿌리내리지 못한 조국에 대한 향수로
그의 손을 잡은 '벨라'는 공중을 날고 있다

미디어아트 볼 때 색채가 화려할수록

눈물은 몽환적인 떠돌이의 애환

사각의 판화가 모서리를 허물고 있다

목련분첩

첫 분첩
아버지가 내게 사 주셨다
목련이 필 때였다

푸른 눈의 남자가 모래 언덕에 심은 첫 나무가 목련나무
였다지? 백목련 막 피어나는 봉오리로 기억되는 내 첫 분첩
은 스물넷, 목련에 반해 장가든 민병갈 씨 눈빛이 들어있다.
해마다 거르지 않고 나무는 꽃을 피우는 것도 그렇다

분첩을 열 때마다 가루받이하는 딱정벌레 앞에서도 암술
만큼은 단단해야 했다

천리포 수목원에 가면
'민병갈의 나무'라 써진 비문에서
봄을 남기고 봄으로 떠난 아버지의 청춘가를 허밍으로 듣
는다

나, 숙연히 고개 숙일 때마다

몰래몰래 열리던 분첩
모시조개 같은 그 분첩이 있어
컴컴하던 뒤란은 환해지고

운문의 길

오백 살 먹은 소나무가
구름 끈을 입술로 풀어낸다

비구니 학승들 어린 꽃나무에게
따순 짚옷 입혀 줄 때
내가 든 운문의 길은 추운 기색 역력하다

카멜레온처럼 변신의 귀재라 해도
천당과 지옥을 번갈아 들 수 없음에
나 변복하고 운문사 드는 길

뒤뜰 선돌 바위에게 무심을 배워
무겁던 마음마저 내려놓고
운문사 나서는 길

저녁 예불 종소리에
어린 꽃나무들 발목 시릴까
떠돌던 내 방랑의 삶에도
이제 옥빛 대님을 묶는다

34

별들의 귀향

유골 작업을 하던 유학산 산등성이
들었다 놓는 저울추에
뼈들의 무게가 얹혀 있다

인민군과 국군이 함께 든 구덩이
죽고 죽이던 참호 속
순간의 분노와 증오심은 무게를 내려놓고
넓적다리뼈 서로 포개었다

바글거리는 흰개미 몸속에
손잡고 별로 뜬 유학산 여름밤 하늘은
젓가락만 해져 있다

코언저리가 시큰하다

이유 없이 달아올랐던 적개심이
유유한 낙동강 강물에
닳은 별빛
헹구고 있다

화무십일홍

매화나무에 걸린 발등이 저녁
골목을 지나가다 나동그라진다

불경기에 매물로 나온 온샘교회
화딱지 난 주인장 댕강 잘라 버린 매화나무 가지
내가 얼른 주워다 유리병에 꽂는다

검은 밑동 등 돌린 세상
목울대 긴 병에 들여놓고 간간 찬송가 들려주자
톡톡 풍금 소리 튀듯 피는 꽃

다섯 꽃잎 선택의 깔때기
부어 있던 정수리 그 폭은 좁았어도
밤새 활짝 피느라 끙끙거렸을 신음의 가지 끝
간들거리던 별빛 향낭

나보다 먼저 눈감은 예수도
나중 눈감을 나도 이울 날 멀지 않았다

온샘교회 누군가에게 매수된다 한들

백일 지나 천일 동안

기억 속 남아 있을 매화 향기는

누구도 가로챌 수 없으리

겨울, 양파

눈웃음 머금은 아이 입가에서
배추흰나비 닮은 눈이 내린다

칼 쥔 나에게 양파가
겨울 속내를 보여줄 때
유리창 밖의 또 다른 나는 원피스를 갈아입는다

철봉대 옆에 둘러앉은 아이들이
힐긋거리며 나를 바라보아도
옆으로 나란히 모으는 나의 오른손

수줍은 속눈썹이 촛불처럼 흔들리는데
한 폭 먹그림 속에서
나는 아직 폭설 이고 탑산재 넘고 있다

맨해튼 거리를, 개밥바라기인 나는
탑산재인 듯 건너왔다 건너간다

자유의 여신상 橫불 들지 않는 한 팔로
운동장을 돌고 있는 나는
매운맛 아이들 맨질한 까까머리
쓰다듬는다

굴렁쇠 남자

밑동 굵은 후박나무가 달빛을 이고
어물쩍 불러 세운 사립문 앞에서
한 남자 굴렁쇠를 굴린다

진눈깨비 흩뿌렸겠지, 골목은 빗장을 닫으려는
내 속눈썹에 이르러 촉촉한 무게를 얹어 준다

도정하는 정미소 벨트처럼 그는 운동장 트랙 돌러 간다

혈압을 떨어뜨리겠다
혈당을 떨어뜨리겠다
콜레스테롤을 태우고 말겠다고
엉덩이로 그물을 뽑는 거미 시늉이다

철봉에 매달려서야 내뿜는 심호흡에도
계절은 관성의 법칙에 맞물려
검은 장막 속에서도 파랑새를 울게 했다

국자별 뜨지 않아도 서쪽은 본향
어제 죽은 자들, 오늘이 목마른 것처럼
붉은 초침 바늘 걸린 벽에서는 끊임없이
굴렁쇠 구르는 소리가 났다

후박나무 밑동 달빛에 베이듯이

종달새

할머니 담배쌈지가 그리운 날은
인사동 간다

골무걸이가 눈길을 끄는 쌈지길에 들자
할아버지는, 계란 과자를
현승이는, 시계 목걸이를
나는, 세계 지도 2호를 선택했다

'시래꽃' 집에서 시래깃국 배불리 먹고 돌아오던 길
그냥 가기 서운한 가연이가
고양이 머리핀 사러 다시 들른 인사동

현승이는 칼자루에 제 이름 새겨진 하얀 나무칼을
나는 홰치는 볏 붉은 수탉 내외 몰고 왔다

어른이 아이 되는 쌈지길은
한 마리 종달새다

할머니와 할아버지 만나러
초록 숲 인사동 든다

2
목련나무 이발소

저녁의 하지

곡옥처럼 매끈한
완두콩 속 여섯 아이가
손장난 치는 곳에 천마총 있다

비릿한 신문지 깔아 둔
TV 앞에 앉아
엄지손톱으로 콩꼬투리 벗기다가
연둣빛 살결 맑은 너를 본다

완두콩 어미가 겨드랑이에 낀
제 새끼 한 줄로 세우듯
기억 속 나를 끄집어낸다

염원이 피워 올린 신라의 적막
선덕여왕의 뒤를
이제 내가 따라가고 있다

공기 놀다

들었다가
고스란히 내려놓는 순간
공깃돌은
진달래꽃으로 활짝 핀다

공중을 휘돌아
손등과 손바닥으로 뒤집는
질펀한 꿈이여

봄날엔
홀쩍이는 콧물
옷소매 끝에 발려지고
생인손 앓던 손금 안 고향 집 우물에서
다섯 마리 반달곰 기어 나온다

한 주먹 꽃 따서
덥석 삼킨 불혹의 입 안
웅녀의 초경은
다시 시작되고

목련나무 이발소

울타리 가에 선 목련나무에게
엄정행이라 명패를 걸어주자
노랫가락 낭창하다

주걱턱에 차가운 비누솔 문지르고
면도 거품 기억의 먼 잔가지
싹둑싹둑 잘려 나간 마디 끝이 환하다

봄날 은근슬쩍 떨어뜨린 은빛 촛농
열두 살 아이 주먹만 한 꽃송이로 돌아와
만월의 등 떠밀 줄 어찌 알았으랴

세상 버리기 전 폐병 비관한 종조부가
아비 없다 불쌍히 여긴 나를 툇마루에 앉히고
머루 눈알 찌르던 앞머리 잘라 주던 가위 소리
왜 아니 찰방거리랴

뭉게구름 핀 상고머리 목둘레에도

흰 스피커가 걸려
김 씨 막내딸 혼사 알리는
면도날 같은 이장 목소리에
뚝뚝 거품 꽃 지고 있다

도화수桃花水 건너기

보물찾기에 불려 나온 갓 쓴 노인
백군 띠 머리에 동인 아이와
만국기 펄럭이는 운동장
펼친 우산 같은 트랙을 돈다

횟가루 물린 출발선에 무릎 굽힌 장군은
'글래디에이터'의 막시무스
코모두스 황제 가슴에 복수의 칼을 꽂던 여기가
콜로세움 원형 경기장인가

집 안에 갇혀 진종일 주접떨던 민낯의 세포들
나풀나풀 양 날개 펼치고 걸어 나와
천 년을 탁본하듯 맨발의 실핏줄
흙 마당에 찍고 간다

손거스러미 떼어 내듯 막차에 오른 늦깎이
노래는, 돌고 돌아도 제자리인 도화수다

필사의 붓방아를 찧고 싶어 다녀온 로마가
운동장 고인 물, 내려앉은 하늘에
구부린 내 등껍질로 징검돌 놓고 있다

둥근 암시

진네츄럴, 장의사, 온샘교회 지나는 골목을
쇠줄에 묶인 진순이가 지킨다

초록 신호등 틈 앵두나무에 묶여
진돌이를 시골로 떠나보낸 진순이는
붉어 가는 앵두를 갸웃갸웃 살핀다

무당벌레가 버리고 간 발자국 밟다가
비워진 그릇 앞에 멎은 눈길
운동장 트랙 돌고 온 복사뼈에
진순이의 코는 킁킁댄다

마음 오가는 자리는 짐승이나 사람이나
은연중 알아채는 것
진순이 안 보인다 말했더니,
뒤란에서 나와 알려 주는 제 거처

눈에 든 하현달은 알고 있을까
태엽을 감고 푸는 진순이가
길 위의 생, 왔다갔다 흔들리는 걸 알아본다

모서리를 지우는 시간

원룸 학생 버리고 간 두레상 들여와
밀가루 반죽 올려놓고
달꽃, 홍두깨로 피운다

둥글게 밀고 밀어 끓여낸 칼국수는
되새김질이라도 하는 듯, 후르륵
모서리 지우는 시간이다

귀목나무 홍두깨의 손금 보다가
무풍지대 찾아 떠난다는 원룸 학생이
꿈꾸던 적도 해바라기 그림자
잘 돌고 있을까 궁금해졌다

거실로 들여놓은 하루는
젓가락 장단 두루뭉술한 두레상
나, 거실 가운데에 둔다

분절된 이 땅 틈새마다

탁본에서나 보았음 직한
광개토대왕이 남긴 비문의 글씨들

대팻날로 지나간 시간이
가마솥 안에서 부글부글 끓고 있다

현승이

운동장 가서 원반던지기하자던
현승이, 봄바람 타고 내 집에 왔다

가창 곤지곤지에서 보리밥을 먹은 뜸부기
붉은 아카시아꽃을 두고
묻고 대답하는 말동무로 되돌아왔다

엄지와 검지에 쥔 여러 개의 핀으로
풍선 터지는 소리 연달아 들려주더니
무선 자동차를 뽑아 땀 뻘뻘 자동차 놀이 중이다

첼로와 스케이트까지 배우는 손자에게
싫으면 엄마에게 말하라 일렀지만
엄마아빠처럼 의사가 되겠다 한다

이모를 엄마인 줄 알고 이모와 한방에서 성장한 아이
안방에서 잠든 엄마 그립다는 걸
피부에 돋은 소름처럼 눈치챈 나

네 개의 베개를 징검돌인 양
좁은 문간방에 가지런히 놓아주었다

말을 아끼는 아이 사춘기 건너갈
징검다리 흔들리지 않도록

나를 소환하다

종다래끼에 담길 쑥 생각보다
요령 딸랑거리던 싸리문 슬쩍 빠져나가던
나를 먼저 기억한다

달그림자 밟으며 휘파람 불던 동네 아이들
문득문득 그리운 걸 보면 나도 어지간히 늙은 게지

6.25 전쟁 통에 생떼같은 아들 묻고
둥근 채반에 호박고지 널어 말리던
명월할머니 또한 궁금하지

통발에 거꾸로 비치던 물방개
네 이마도 보고 싶구나

그 해 여름 과꽃은 번졌어도
날 두고 떠나 감감무소식인 너
종아리 둥둥 걷고 달려오지 않으련!

하늘 접안

무학산 지붕 넘어온 제라늄
꺾꽂이 쟁반 위로 떠오를까
발등에 물을 붓는다

헐어 놓은 하루는
두꺼비 파리 잡아먹듯
이틀 지나 삼일에 이르렀다

소피보러 나온 새벽별
제라늄 화분에 물 주려고 밑동 살펴보니,
제 발등 핥으며
저승사자 처분만 기다린다

기쁨 선사할 꽃에게
달려온 노을은
무학산 봉우리 너머
하늘 항구에 접안할 듯
붕붕거린다

똬리

빡빡이 된장 넣고 싸는 호박잎 쌈
왼손가락 뜨거워도
임금님 수라상 부럽지 않았다

시렁 위로 옮겨온 넝쿨 향기
호박 마차 타던 신데렐라를 흔들어 깨웠으니
무엇이 더 부러우랴

호박 꼭지로 들기름 바르던 솥뚜껑 들추자
무자치 뱀이 있어, 더 반짝이는 은하수

지금은 어느 하늘 별꽃 아래
가르마 고운 어머니
곡옥처럼 잠들어 계실까

웃음의 미학

주물러 빨아 놓은 블라우스 그늘이
간짓대에 나부낀다

뼈를 숨긴 아코디언 같다

만월 먹고 그믐 이고 살아가다가
아침저녁으로 변하는 공작새인 나는
봄 아니어도 피는 복사꽃에
명치끝 서늘해졌다

햇살 냄새 잔뜩 머금은 빨래들은
공작의 나르시스를 위해
방 안으로 걸어 들어온다

척척 개어지는 달빛이
아코디언을 켠다

달방

코르크나무에서 추출한 코르크를
천장과 벽에 붙이고서야
방은 절대 적막의 섬이 된다

눅눅한 사금파리가
달빛으로 밥상 차려 내는 방

나의 한계는 소나티네 12번
너의 황홀은 계곡에 핀 복숭아꽃

대숲 같은 커튼 비집고
지그재그로 옹송그리는
어깨춤을 보고야 마는 방

시골에서 아들 집 찾아 올라온 어미가
술래잡기로 숨어들기에 안성맞춤인
짚가리 속 같은 방

야단을 펼쳐 내가 부치는 전은
아들의 클라리넷 G단조

여름의 문

말 갈 데 소 갈 데 다 가본 각설이
꼭 다문 아랫입술로 망주석 깨워
검은 치마 노랑 저고리 부풀려졌다

써레질에 앞세운 황소
못자리 뿔에 걸린 아지랑이에
눈시울 뜨시더니

페르시아 양파 발목 꺾자
의성 반달마늘 비스듬히 눕는다

두견이 울음에 눈멀어
이 둑에서 저 둑으로
미끄럼 타는 여우비 젖가슴
천수답 고랑에 제 울음 가둔다

한 입 봄볕 그리워 안타까운 이 마음
치마꼬리 그러쥐고 떠돌뱅이 따라갈까

하나의 문이 닫혀야 열리는
또 하나는 삼복의 문

빛의 곳간

분가한 우주네가 겨울방학을 맞아
우주의 외가인 나의 집에 왔다

우주를 우주에게 물려주었으니
난 이제 우주 밖이면 된다고 했는데
우주가 와서
나 또한 우주의 일부가 되었다

주급 받고 살림 도맡은 우주 엄마가
율무를 섞어 율려의 밥을 지어 놓고
멸치 우려서 배춧국 끓인다

떠나온 참치가 바다를 휘젓고
안방 대자리 걷어내듯 일주일 만에
빽빽하던 냉장고 안은 헐렁한 우주선

그렇게 유효 기간 내내 우주는
먹을 게 없으면 냉장고까지 파먹을 것이다

계약 기간 만료되었다는 듯
머물던 우주가
인천으로 떠났지만
나는 다시 속 텅 빈 냉장고 채워 넣으려
수레를 끌고 마트로 간다

머지않아 녹슨 우주인 내가
아주 먼 우주로 먼저 떠난 자리
엄마가 빛으로 채워 둔 냉장고
야금야금 파먹으러 가볼까

자전과 공전 사이

자전거 꽁무니에 싣고 가다 떨어진 공이
북쪽 물가에서 통통 튄다

구르기를 멈춘 못 둑 물비린내에
공이 건드린 원추리 뿌리가
땅속 문을 활짝 연다

등지느러미 흔들며 몰려올 잉어 기다리는 청둥오리들
남쪽 물가에서는 단발머리 개나리
깨금발로 뛰게 한다

이때 등 돌린 왕버들 부부는 어화둥둥
화해를 부추긴다

남도, 북도, 아닌 동에서 서로 가는 길

코에 바람 넣으러 나온 반려견은
토끼털 귀마개 아직도 낀 나를 보고
두 귀 연신 쫑긋거린다

타고난 식복

침샘 안으로 불러들인 찹쌀수제비가
실핏줄 타고 이 구석 저 구석
물 위에 던진 납작 돌처럼 몸부림이다

신 것도 고춧가루 음식도 고개 절레절레 내젓는 것은
입천장이 허물을 벗기 때문이다

보험 공단의 헬스 시간이
창작 교실 써 가야 할 시 한 편이
다시 허물 벗길 공범인지 알 수 없는 일

운동장 세 바퀴 도는 초저녁 별
멍에 씌우는 머리맡 시집에서는
조선의 궁중 무희 '리진'이 배 깔고 엎드려
안일한 나를 야금야금 씹는다

혀끝에 핀 열꽃, 문장으로 적실 수 있다면
내 복사뼈 흐물흐물해도 좋았다

뒤돌아보는 몸살, 빙그레 웃는다

3
매화서옥도

바람난 상추

비닐하우스는 비좁아
숨 막혀 죽는 줄 알았어요

겨우내 이슬 한 방울 못 받아 마셔서
오리온성좌 흐릿했어요

걸어오는 봄비
초록 뺨에 건네는 입맞춤
그때 기분 아시잖아요

저요, 저요 손 높이 쳐드는
유치원 재롱잔치
아지랑이와 키 재기도 했어요

모종비 맞춰 주려고
노래를 뒤흔드는 종달새
밭고랑 덮은 비닐 쪼아
숨구멍 뚫어요

새무늬청동기와

능선 업고 달리기하는 아이가
자라서 소가야의 경계를 구분 지어야 한다는
허방의 흰 구름에게
침 바른 혀를 굴린다

깁스한 다리 절룩거리면
이발한 봉분들이 따라 추는 춤은
덩더꿍 덩더꿍

기러기 한 쌍, 작은 새 마흔한 마리가
죽은 자의 영혼을 하늘로 올려 보내는
영매의 기왓장 숨소리 엿듣는다

나, 팔월의 흰 구름 등에 올라
알곡 여무는 들판 경계에 선 허수아비에게
방금 깎은 향나무 연필 하나 쥐여 준다

아빠 따라온 아이가
뜀박질하는 토끼를 그려내더니
반달 물결에 들어 신기루처럼 가물거린다

매화서옥도梅畵書屋圖*

미학 강사 이수미 씨가
근대의 길목을 이야기하다 말고
박물관 벽에 매화서옥도를 비추었다

북한산 암벽 봉우리를 위무하는
눈은 예서인 양
뭉툭해진 붓끝 잡고 뛰어내린다

중인, 조희룡이 그린 매화서옥도를
세한도 옆에 나란히 조명해 주던 그날
벼루 밑창 열 개를 구멍 낸 세한도보다
간송 미술관 수장고 문틈으로 세상을 기웃거리는
매화서옥도가 나는 좋았다

굴뚝 연기 속살 드러낼 때
엷은 묵즙 스며든 화선지
어슷 썬 연근 구멍 사이로 붓방아를 찧듯
날려 보낸 눈송이들

조선의 하늘이
수천수만의 나비 떼로 오는 오늘
임자도로 유배 간 춤의 행렬

박물관 뜰 반야를 꿈꾸며 줄줄이 핀 풀또기 꽃이
21세기 곪은 지붕 위를
실눈 뜨고 넘겨다보고 있다

　* 매화서옥도 : 조희룡(1789~1866)이 그린 매화 그림의 제목

바람의 출처

낙엽송이 뭉실뭉실한 구름 쓱쓱 쓸어 내었으니
천당 가는 문 앞도 환하겠다

맨드라미 핏물 낭자할 때까지
외도에서 돌아오지 않는 당신
팽이채 들고 찾아가,
옆구리 시퍼렇게 멍들도록 후려쳐볼까

'청춘은 봄이요, 봄은 꿈나라'라는
당신의 휘파람 접수한 나,
신호등에 초록 불 들어오기 전
소태처럼 쓴 꿈에서 깨고 싶지 않았다

망토 입은 꿈쩍도 않는 저승사자에게,
내가 쥔 팽이채 쥐여 줄까

일희일비하지 않는
대명성당 황갈색 신부님에게
이따금 나는 거수경례 부친다

피서

수성구청길 횡단보도
자유를 꿈꾸는 고독한 속물
베토벤이 건너온다

아버지처럼 살지 않기 위해
자신과 벌이는 피투성이 싸움

소년 가장인 그는 돈을 벌기 위해
귀족에게 빌붙지 않았다 한다

바이올린 소나타 9번 크로이처는
젖은 속눈썹일지도 모른다

하오 두시 더위를 피해 나
구청길 건너 범어도서관 가는 길
현악 4중주 16번을 끝으로
주름진 뒷덜미가 서늘하다

백일홍이 나누어 준 붉은 부채 들고
도서관에서 집으로 돌아온다

괴정리, 늦가을

늪도, 주걱턱 활짝 벌리고 하품할 때가 있다

방패연 날리는 아이 등 너머로 왼팔 내젓는 갈색 부들은
이부자리 홈질로 부산한 살모사 권속을 깨운다

늪이 벌린 숨구멍 안쪽에서 속잎이 아직 초록인 미나리는
막이처럼 솟구칠 눈을 기다린다

수초들은 물속 깊이 가라앉고
되돌릴 수 없는 계절은 성급한 되돌이표

벌거벗은 채 등 굽은 버드나무 쪽으로
미나리 턱관절이 허무의 물비늘을 일으킨다

문구멍으로 보는 세상

떨어진 빗물이
늙은 담장 야금야금 먹어,
후미진 뒤란 거꾸로 뒤집힌 지렁이
소금 뿌린 듯 반원 그린다

허수경 시인의 마지막 시집 중 한 편의 시를
가을비 떨리는 목소리가 들려준다

뮌스터 대학에서, 고고학 전공
어두운 세상 박음질하던 시인이
검은 마침표 찍었다는, 쉰넷

턱밑에서도 긋는다는 가을비
내 발부리 이고 이승을 접는다 해도
그리 나쁜 일만은 아니라는
"세상의 모든 음악, 저녁이 꾸는 꿈"을 듣는다

부음 받은 감나무 아래
내 발부리가
슬며시 젖는다

검은 꽃

버스 타고 두류동 지나는 창가
산수유꽃 점점이 핀다

일수 찍고 돌아오던 아내가 쓰러지자
전대에서 흘러나온 돈을 줍느라
아내 잃은 지아비 분노가 세를 불렸다

의사의 도움으로 살아난 그
악착같이 돈을 벌고 보니
아들 형제 티격태격 싸우는 이유가
돈 때문임을 눈치챈 아비는 슬펐다

세종대왕 사과 상자에 담으면 일억 오천
두 아들은 마분지 상자에 담긴 돈을
광화문 높은 건물 옥상, 풍구에 나락 날리듯 흩뿌린다

이튿날 주운돈 돌려 달라 광고 내니,
일천육백만 원이 사과 상자로 되돌아왔다

돌려주러 온 사람에게 열 배를 나눠 주는
개량한복 입은 아들 엉덩이가 풍준하다

그랜드캐니언 구경하고 돌아올 때,
오십대 가이드가 틀어준 검은 비디오테이프가
꽃 핀 산수유 가지를 흔들고 있다

기억을 서리하다

1
채반 안에 쌀을 흩뿌렸다

치켜세운 받침대는 들어 올린
작두날의 각도
입 궁금한 참새가 고개 갸웃거린다

문틈으로 망을 보던 나는 채반에 연결된
새끼줄 잽싸게 잡아당겼다

새의 체온 기억하는 손
쉰 번의 겨울 건너오는 동안 한 번도
시리지 않았다

2
동네 위 또래들 밟은 배나무
그림자 나도 따라 밟았다

호롱불에 앞머리 그을린 아이들

밤 이슥하도록 치던 화투놀이

진 편은 이긴 편을 두고
배꽃이 기웃댄 댓돌 위의 신발 속으로
발 밀어 넣었다

3
부지깽이 발목 걸어와도
바가지 비춘 열사흘 달이
분자네 부엌문 삐거덕 열었다

무쇠솥에 넣어둔 미지근한
보리밥 진 편의 아이들 꺼내 들고
개 짖을까 살금살금 뒷걸음질 쳤다

월남치마 펼쳐 입은 김칫독
그날의 찬밥 덩이가 아직도 내 몸에서
환상 통을 앓는다

모래시계

1

이삿짐 틈바구니에서 비명 소리 들린다

유리 감옥에 갇혀 지내느라 따순 햇살에
머리 한 번 감아보지 못한 채
이팔청춘 다 보냈다는 모래시계 하소연 애틋하다

창틀 위 제자리로 올라선다 한들
아래 위 소통 한 번에 풀 수 있겠는가

잘록한 주머니 속 내 기다림은
한꺼번에 쏟아지지 않았다

2

사람만 아프고 병드는 건 아니다

끓기 시작한 물속의 계란, 거꾸로 세워 두던 모래시계
틈새로 흘려보낸 뒤 우리는 알이 다 익었다고

미련 없이 불을 끄지 않았던가

입술 달그락 임계점 지난 물은 그대로인데
모래펄 흘러내리는 시간은 하염없더라

　3
모래시계는 운동장
장난 심하던 아들이 수학여행에서 사다 준
기우뚱 삼각기둥

비록 담임 선생님께는 나 불려 갔어도
뒤집어 바로 세워 놓으면 멀쩡한

사랑은 남은 시간만큼 뜨겁다

뽀샵하다

파운데이션 대충 바른 걸
후회한 건 그때였다

생이 가장 빛나는 게 오늘이라고
길거리 사진사가 찰칵찰칵 지문 누른다

첫 시집 날개에 담아둘 얼굴
흑백의 배경이 된 건 해운대 백사장

찍혀진 사진 얼굴 주름 지우고 나니
보리밭에서 책보 껴안고
상엿집 지나온 내가 거기 서 있다

천리만리 내달리던 무서운 꼬부랑 길

아직도 다리 걸 아래에선
바지 내린 사내가 고추를 흔들어

그 자리 못 박힌 듯
못 볼 것 보다 후들대는 내 다리

반환점

소나무에 등 기대고 앉아 도시락을 먹는데
호랑지빠귀 노래가 씹힌다

해 뜰 무렵 산에 오른 나는 활엽수림 지나
침엽수림에 이르러 관절 녹슬지 않도록
무릎에게도 한 쌈의 침밥을 먹인다

느릿느릿 제 갈 길 가는 인두겁도
집 두고 밖에서 밥을 먹는 내가 부러운 걸까
한 손 가득 버섯을 꺾어 든다

손에 손 잡은 솔수펑이에서 나머지 한 손으로
되짚어 제자리 돌아온 칡꽃도 싸리꽃도
춤추자 손을 내민다

오른손 하는 일 왼손 모르게
나 얼른 집으로 돌아가라고
후드득 뒤쫓아 오는 장맛비

홍류동, 시월

마지* 올린 법당에서
어젯밤 꿈 이야기 풀어놓는데
꽃살문에 앉은 나비가 눈썹달 시샘한다

느티나무에 걸린 청사초롱 쫓아왔느냐고 묻자
210자 해인도 등에 지고
돌계단 한 층 한 층 날아올랐다 한다

어디서 온 나비냐고 다시 묻자
횡격막 싸고도는 만첩청산에서 이끼 낀 부도 어루만지다
저승길 들러서 왔다 한다

일찍 해 지는 매화산 버리고
이번엔 어디로 갈 거냐고 되묻자
푸른 파도치는 동해로 가겠다 한다

선정에 들어 죽을 때까지 공부하라던
갈까마귀 떼울음 서러워

안으로 닫힌 해당화 꽃살문
운무 밖으로 열고 있다

땅거미에 젖은 국화 분 곁 벗어둔
신발 끈을 나비가 풀고 있다

   *부처에게 올리는 밥

쓴꽃

식도암 진단 받으신 어머니가
생인발 앓는 씀바귀꽃 보고 있다

청상에 홀로 키운 새끼 가을볕에 단물 들 때마다
눈물은 목포로 흘러서 비틀거리는 골목

씀바귀꽃아 씀바귀꽃아
새파란 실핏줄 퍼 나른 붉은 피
무덕무덕 피어난 씀바귀꽃아

앞치마 두른 개미 등쌀에도
한길로 달려가는 노란 꽃

철없는 딸년 코빼기 안 보여도
서러워하지 않겠다는 엄마의 다짐 앞에서
울음 그친 나는 뽀얀 즙으로 온몸 무장을 한다

망부석 올려다보던 엄마 손끝이

또 피려고 날리는 하얀 솜털

나, 마중 갈 수 있을까
추위에 언 발돋음한 씀바귀
명년 봄에도 오실 어머니를

꿀꿀꿀

수서발 SRT 타고 내려온
막내아들 내외와 삼천지 못 둑 걷노라니,
연꽃 봉오리가 다문다문
침묵을 머금었다

고추잠자리는 가을을 재촉하고
청동오리는 하염없이 세월을 뭉갠다

안방 하수구 갈퀴 달린 줄기로 뚫고
어눌한 컴퓨터 전화로 가르쳐 주던 막내아들

위로 남매 얻었을 때 삼 년만 더 고생하면
아들 하나 더 얻을 수 있을 텐데 라는 생각이
현실로 불러낸 막내 녀석

세 아이 데리고 친정 못 갈 땐 서운했지만
오리집 소주 곁들인 막내부부 없었으면
해 질 녘 나 어쩔 뻔했나

집 밥 한 끼도 안 먹은 채
다시 수서행 기차 타고 떠난다 하니,
배 즙 갈아 양념한 돼지갈비들
꿀꿀꿀 갈비뼈 부딪치는 소리 들린다

섣달그믐

1
설 쇠러 오는 손자손녀 맞으려고
백자 항아리는
달 없는 하늘에 앉았다

개밥바라기만 내일이 설이라며
주고받는 계란꾸러미

온몸으로 먹구름 밀고 가는 달 항아리는
흰 우주정거장이다

2
운동장 트랙이 내 용천을 간질이자
야구장과 테니스장
차례로 컴컴하다

육교 건너 찐빵집은 백야

고향으로 떠나지 못한 가로등은
섬마을 부모님처럼 허리가 굽었다

복사뼈가 짓물렀다

 3
디딜방아에 빻은 찹쌀가루에
눈물 흘리던 떡시루

오포 불기 전에 잠이 들면
하얗게 센다던 아이의 눈썹

할머니 목소리 들으려고
호롱불 앞에 당겨 앉는다

회양목 당신

아래위로 나란히 눌러
매도인과 매수인이 도장 찍는다

보름달처럼 배부른 도장나무꽃

꽃 만개한 도장나무가 오리나무 꿀보다 달콤한 걸까
연노랑 꽃술마다 웅성거리는 꿀벌들

마른 풀 베고 누운 고양이 네 발로
희롱하는 춘삼월 볕뉘
도장나무는 엄지손가락이라도
붉게 물들이고 싶었던 걸까

있는지 없는지조차 모르던 당신
수백수천 마리 꿀벌들 모아 놓고
꽹과리 자진모리 상모 돌린다

먼빛으로 바라보던 탄금대
내 몸이 거문고인 양
핏줄 단숨에 팽팽해진다

탁란조托卵調

청미래덩굴은 연둣빛 낚싯대다

뻐꾸기 새끼를 낚고
동동거리는 개개비를 낚고
먹여 살릴 벌레도 낚는다

키다리 버드나무 바람에 흔들려
산기슭 용골 못 스스로 맑다

꽁보리밥에 열무김치 걸쳐 먹어도
기르는 정 하나로 헛헛하지 않았다

이 골 저 골 우는 뻐꾸기
탄로 날까 숨어서 두근거렸다

들판 쇄골 시릴까
감자꽃 홑이불로 덮이는 날에도
멀리서 지켜보는 개개비 둥지

청미래덩굴로 솟는 저녁연기
오늘도
무럭무럭이다

너덜겅의 봄

봄, 백령도 가서 마늘 먹고 칼칼해진 목
도다리쑥국으로 달래려는가

달랑게 집게에 실려 온 햇살
환웅의 후예답게 손등으로 훔치며
어린 쑥을 뜯는다

당겨진 뿌리 아래서 은밀히
겨울잠 자던 실뱀도 눈을 뜨고
노랑 저고리 깃 파고들던 첫날밤 손끝에
온몸 달아올라 움찔거리던 봄

혼령 닿아 더는 굴러가지 못하는
몸 굳은 바위들을 기다렸다는 듯이
나는 어루만진다

쑥물 그득한 치마폭 걷고
어지럼병 도진 흰 종아리 여자

아지랑이 춤사위로 돌무더기 건너간다

4

염낭거미론

어리호박벌

오리 보러 가창 간다
부리로 쓰는 시 배우러 간다

꿈은 도서관에서 찾으라는
낯선 리듬의 뿌리 흔들어
이 시집 저 시집 무작위로 갈아탄다

홍학의 군무가 익숙한 영토
서쪽 하늘 가로지르는 노을 찾아
동가식서가숙 나 오래 떠돌았다

알 수 없는 안개 바다에
익사할 뻔한 내 두 더듬이
깊은 숨 내쉬고 밭은 숨 들이쉰다

별꽃 수놓는 밤하늘 찾아
숨비소리 내려놓으려
나 오리처럼 헤엄치러 간다

이인성의 거울

엄지발가락으로 장단 치다
'노란 옷을 입은 여인'의 어깨선에 닿았다

현해탄 건너온 고추잠자리
흙 색깔로 부는 피리에 앉을 때

단숨에 내리긋는 선 끝에서
스케치를 끝낸 남편 옷을 벗겨주던
그의 아내가 된 나는

'경주 산곡'에 가고 싶었다

서른아홉 요절한 수평선 붉어서
까치놀은 서럽게 지고

꽃신 속으로

솔갈비 긁다 찢어져 울먹거리자
할머니가 바늘로 꿰매 주신 신발

반세기 건너와 내 책상 위에 날개를 접고 있다

한 켤레 남아 싸게 판다는 신발
메기주둥이처럼 뭉툭한 안쪽에
뜨거운 모래 푹푹 퍼 담던 그 신발

240밀리 한 켤레를 은줄팔랑나비라 부르자
창호 틈새는 구름의 발뒤꿈치
소낙비 각질에 닿아 어룽진다

무쇠솥에 끓인 어죽 샘가에 앉아서
훌쩍이며 떠먹던 날
내가 신발에 담아와 기르던 미꾸라지는
뒤란 초롱꽃 샘가에서 죽었다

엿 구멍 몰래 빠져나와 가위질 소리에 썰리던
그날의 엿장수 허옇게 늙었다

십 리 길 이고 간 보리 팔아
안계 장 난전에서 사다 준 꽃신 속
은줄팔랑할머니나비를
나 이제나저제나 부르고 있다

애절

흔들리는 장구채꽃에
다리 검은 범나비 내려앉았다

두루마기 입은 선비들 떠오르고
6.25 때 산화한 내 아버지
안마당 *곡수거曲水渠에 오셨나

국화 상 펴고 들어 올리는 술잔
파도 깊은 삼학도의 눈물은
무상, 달빛에 닿아 일렁인다

아직 태어나지 않은 오목눈이는
두루마기 입은 선비를 꿈꾸는데
사립 밖으로 폴짝폴짝 튕겨지는
핏빛 석류꽃

*유상곡수연流觴曲水宴 벗어나지 못한 나는
실금 간 막사발의 등을

장구채 움켜쥔 손아귀로

휘감아 친다

*곡수거 : 인공적으로 조성한 수로

*유상곡수거 : 곡수거의 술잔이 자기 앞에 올 때, 시를 한 수 읊는 놀이

염낭거미론

스파이더맨처럼 하늘 날아다니는
거미인 너는 엉덩이로 색실 뽑아낼 수도 있다

벗어둔 먹 고무신 안도
왕버들 아래 숨은 송사리 떼 후리던
반두의 그물도 네 집?!

저승 바람 헤집는 염낭거미는
이슬 걸려든 외줄에서 출렁거리는 어름사니
아버지 무명 두루마기가 입고 싶었나 보다

짚동과 짚동 사이 붉은 서답 숨겨둔
어머니의 꿀단지가 그리운 그때도
번득이는 포수의 눈으로 날개 나른한 나방의 겨드랑이에
재빨리 송곳니 밀어 넣는다

아랫배 시커먼 염낭의 너는
내가 벗어 놓은 먹 고무신 신고

목마른 기다림을 드로잉 하듯
도심의 유리벽도 넘나든다

자신의 건축 솜씨 새끼에게 보여 주기 위해
내 나약과 나태 낚아채더니
출렁이는 공중에 공중을 걸고 있다

자화상

거름망 구멍은 촘촘할수록 좋아
그러나 막혀서는 안 되지

이 틈 찌꺼기 뽑아 먹는 악어새처럼
시인묵객들이 남긴
감정의 편린들 건질 수 있다면
맛있는 끼니가 될 거야

내 몸 빠져나간 정신의 무리
울산 앞바다에 놓아준 돌고래 재돌이 되어
남태평양쯤 가서 푸른 별의 무늬
검은 등피에 새겨 넣었을까

싱크대, 훨훨 날기 시작하는
엎어진 밥공기와 대접 틈
새움 밀어 올리는 제비콩 한 알

빛 숨기고 어둠 키우려다
오랜 외출에서 돌아와 켜는 스위치
형광등 불빛에 움찔한다

백제의 달

새우젓 동이 등에 진, 마포구 어부
바람드릿골 뱃머리 달로 솟는다

도화 나루 끌려가는 의자왕은
한성 백제의 달

옷소매 어룽지는 도공들 설움
칠지도 가지 끝에 걸린다

섬나라 신궁에 누운 여섯 가지 양날에는
꿈에 그리는 고국 나들이
한밤중 시퍼런 서기가 어리기도 했을 터

1925년 대홍수가 아니었다면 몰랐을
풍납토성의 눈물
뉘 있어 닦아줄 수 있으랴

칠백 년 흥망성쇠가 덧없다는 듯
만월에 젖은 올림픽공원 기슭을
장끼 권속들
하릴없이 오르내린다

자리끼

동문수학하던 H 씨가 시집을 출간했다

'그녀의 율도국'은 눈 녹은 낙숫물 소리
서른여덟에 부처 만나고
쉰에 시 만났다는 자서가 당차다

밀월은 짧을수록 기억에 남는다고도 했지

식탁 의자에 엉덩이 붙이고 앉아
오랜 밤 필사의 붓방아 찧느라
동트는 줄 모르는 그녀 창가에 새벽별 떴다지

소매로 쓱쓱 눈물 훔치기도 했다지

댓잎에 내려앉은 눈송이로
입가에 묻은 자장면 얼룩 지우듯
영혼 맑은 시집 한 권 내게 보내왔다

기다리던 함박눈 흠뻑 맞은 듯
살얼음 낀 내 윗목에 놓아둘
아무리 추워도 얼지 않을
너의 자리끼

갑갑한 어휘들

코 납작 눌러 낫을 갈
숫돌 찾다가
영화 '말모이' 보러 갔다

서산에 저녁놀 걸리기도 전에
발 동동 구른다

갑갑한 놈이 송사한다던가

의문문 하나가 오뚝이 목 나에게
언제쯤 고수가 되겠느냐고
비아냥거린다

폴짝 뛰어 연못 수면에 드는 건
동면에서 깨어난 개구리
헤엄은 유유자적이다

무디어진 쇠가 벌겋게
숫돌 위
녹으로 밀려난다

그리운 반물빛

몸 편하다고 마음마저 편할 리 없다고
팔공산 갓바위는
뻐꾸기 울음에 흔들린다

멍석에 앉아
새언니랑 사촌 오빠랑 함께 들었던
연속극 '뻐꾸기가 된 처녀들'

금성 라디오는 오랜 잡음이더니
이제 북망산 윗목에 봉분처럼 누웠다

뻐꾹채꽃 피고 지는 올해도
애간장 저미는 한 소절 육자배기
풍문에 갓바위는 조금 더 기울었다

나, 반물색 치마 속에 얼른 감춘다

박새가 몸집 큰 새끼
애지중지 키운다는
탁란의 비밀을

거름 지고 장 가기

무애无涯를 이룬 원효가 요석공주 아들 설총에게
마당을 쓸라 했다

이두 문자로 신라를 빛낸 그는 싸리비 들고
티끌 없이 쓸었다

화엄 이루기 위해 남사당패 마다하지 않던 비렁뱅이가
마당 잘 못 쓸었으니, 다시 쓸라는 말에
가을마당엔 낙엽 몇 잎 흩날려야 제격이라 한다

유난스러웠던 폭서를, 무사히 건너온 달빛에
엉덩이 적실 서가 모서리 훤히 비워야겠다

여기가 설총의 마당인 듯,

허투루 지워지지 않도록 발을 이고 걷는다

철봉대 아래 떨어진 땀방울은 중생들의 못 자국
학교 운동장 모래밭을 두 발로 쓱쓱 문지른다

다강산방茶康山房

문설주 곁으로 걸어 나온 고무함지가
꽃을 품더니, 연밥까지 품었다

늙은 신랑 만나
계곡 물소리 벗 삼아 살아왔다는
안주인 얼굴이 마른 연잎처럼 퍼석하다

자주빛 댕기 팔랑이던 동무 어디 두고
걸어 놓은 십자수 둥근 수틀은
아직도 팔월

비슬산 옆구리 끼고 앉아
학수천세鶴壽千歲 외발로 낚아 올리다 보면
만다라꽃 피는 날 돌아올까

물속의 흙 움켜쥔 힘이
꽃을 피우고 꽃을 지운 자리
최후는 까맣게 여물었다

어제도 숙제 오늘도 숙제

까까머리 학생 시절로 되돌아가려고
매주 수요일 10시의 나는
타임머신에 올라탄다

제출해야 할 과제 두 편에
곤두서는 괄약근

놀라 줄행랑치는 어휘 떼들
두메달맞이꽃 제물에 벙글기 전
한 손으로 낚아채려니, 뻘 속에 숨은
세발낙지 흡반 같다

어지럼증 도지는 임무 방어전
뜨락 적시는 빗소리 나 몰라라

불구덩이에 주둥이 처박은 장끼처럼
시침질은커녕 들쭉날쭉
문장 꿰매기에 급급이다

기계충 번진 까까머리
빨간 옥도정기 듬성듬성 바른다

가락

항아리가 건네는 배불뚝이 인사에
지렁이 쪼아 먹던 수탉
붉은 볏, 흔든다

서까래 그을린 국시집
달빛마저 가려 둔 횃대
거미도 친절한 그 집

장독에 올려 둔 국시물 마시려고
허기진 별은
무릎걸음으로 기어 온다

똬리 버리고 서울로 달아난 금순이
물동이에 보름달 이고 돌아올까

앵두꽃 제자리 지키는
비슬산 국시집
장독대 서성이는
수탉 볏이 올해는 더 붉다

굴뚝새

할미새도 할미새사촌도
수능 시험 보러 가는 아침
장갑을 끼어도 손이 시리다

흰 목덜미 고요한 나무들
날개 접은 벤치를 보며 아~ 가을인가 라는
라디오 선율에 바르르 떤다

비발디가 아니어도 굴러오고 굴러간다
산뽕나무, 신갈나무, 초피나무
계절의 수레바퀴들

버린 잎들이 덮어 주는 이불에서
만난 길의 끝은 모두 낯설다

재작년 중학교 자퇴하고 검정고시로
저 혼자 꽁지 내린 새가
발가락 감아쥔 수성 펜으로
덤불마다
검은 마킹을 하고 있다

뱅뱅

저녁이 들자, 팔자주름 비추어
타원형 트랙 수평을 잃지 않는다

이팝나무 꽃 피고서야 알았다
운동장이 '마음 수련원'인 줄

일과 마치고 집으로 돌아가는 요정들도
용천에 꽃잎 닿듯 기뻐하는
엄지발가락 무게를 기억할까

그믐달 서쪽으로 이울자
백제 아사달 뛰어들었다는 연못도
타원형 트랙 물거울로 가둔다

손 내민 이웃에게
옹졸하게 굴었던 내 얼굴
이팝꽃 테두리가 야금야금 파먹는다

이팝나무 꽃 질 무렵에야 알았다
운동장이 한 벌 수의인줄

늦부지런

보송보송한 코뚜레가
그늘에 젖은 나를 길들이려 한다

코만 옥죄는 게 아니라
몸피 자르르한 속살도, 날뛰던 눈빛도
순한 눈빛으로 바꾸어 놓았다

탱자 가시로 빙글빙글 삶은 우렁이 뽑아 먹으면
납작 엎드려 기는 노트북도 코뚜레의 일종인지
메꽃 뿌리 되어 톡톡 친다

봄, 여름, 가을바람 불어
둥근 못물 굽 도는 백로 쫓다
무릎 까진 분홍 여뀌들까지 무성해졌다

발 동동거리는 물총새와
꽃 질까, 노을 질까
한 편 시 안에 나를 가둔다

붉은 콧물 훔치며 책상 앞에 앉으니
겨울 아침이 바쁘다

바람 불어 좋은 날

'여왕의 여자'는 앞자리뿐이다

세 여자 각개 전투하듯 떨어져 앉아도
트라이앵글 꼭짓점 합은 180도

여왕 노릇 잘못하면 파인애플 안 주겠다는
사라 제닝스와 몰락한 귀족 애비게일이
여왕의 총애를 받기 위해 벌이는
진흙탕 싸움은 점입가경

하녀의 혀가 신선하다며 여왕이 사라 제닝스 몰래
욕망에 눈 먼 하녀 배로 갈아타는
레즈비언 침실 훑어보랴

굶주린 아프리카 사자처럼 보여 손에 쥐는 땀

치정을 밀어낸 삼각관계 엔딩이
버스 끊긴 봄밤 거리로 나를 내몰고 말았다

발길에 채인 돌맹이 하나 날아가
살아나는 달거리 기억
바람 이빨에 뜯긴 반월 살점이
그날의 개짐처럼 붉어온다

분방한 서정적 은유와 내면 풍경

이태수 | 시인

ⅰ) 권순우의 시는 분방奔放한 발상과 상상력으로 대상을 주관화主觀化하면서 시인의 감정을 이입한 내면 풍경들을 떠올린다. 낯익은 풍경들마저 낯선 듯 신선감을 자아내게 하는 그의 시편들은 마주치는 세계를 자아화自我化하거나 특유의 재구성으로 변용變容된 풍경들을 보여 주며, 부드러운 서정적 언어를 구사하는 것 같으면서도 시적 묘미를 강화하는 은유隱喩에 무게를 싣고 있다.

시인의 삶을 들여다보는 시선과 마음자리가 겸허하고 안일安逸을 자제하는 자성自省에 주어져 있지만, 종교적 신앙을 바탕으로 한 이상세계理想世界 추구와 더 나은 삶 꿈꾸기로 나아가는가 하면, 어떤 사물이든 인간의 반열로 가깝게 끌어당겨 우화적寓話的으로 그리면서 사랑과 연민憐憫의 휴머니티를 포개어 놓는 점도 특징이다.

한편 일련의 시편들은 토속적인 복고적復古的 정서를 불러

들여 그 풍경과 그 공간의 사람들에 대한 그리움을 애틋하고 절절하게 묘사하며, 그런 정서의 연장 선상에서 자신을 처연하게 성찰하면서 추스르기도 하고, 새세대를 향한 '내리사랑'과 따스하고 자상한 배려를 진솔하게 드러내 보이기도 한다.

현실을 바라보는 시선에도 무상한 세월의 흐름에도 한결같은 질서 속에 놓여 있는 세상의 이치理致와 순리順理에 대한 깨달음의 지혜들이 깃들어 있고, 그 결과 무늬들을 너그럽게 끌어안는 실천 덕목들도 은은하게 자리매김하고 있다.

ii) 시인은 낮은 자세로 일상의 안일을 저어한다. 그 염려와 우려는 '안일의 무게'를 기우杞憂하는 데 주어지며, 겸허한 삶을 지향하는 시인의 마음자리를 시사示唆하는 것으로도 보인다. 「좁다」라는 시에서 버리려는 책상이 엘리베이터에 들어가지 않자 사서 같은 엘리베이터로 들여온 사실을 환기喚起하면서 "문이 왜 좁아진 것일까"라고 회의한다. 나아가 그 책상이 자신의 '안일의 무게'에 눌려 "펑퍼짐해진 것 아닐까?"라는 생각에도 이른다. 이 같은 염려와 우려에서 비롯되는 시인의 '어지럼증'은 책상이 더 커지거나 엘리베이터 문이 더 좁아졌을 리 없어, 앞날의 삶에 대한 겸허한 태도에 기인하는 것으로 보이게 한다.

마지막 날 신께서
아담의 갈비뼈로 빚었다는 나
유통기한은 얼마쯤 남았을까

내가 나온 하늘의 문
나 들어갈 때 좁아지면 어쩌지?
　―「좁다」부분

'아담의 갈비뼈 하나로 빚었다는 여성'으로서의 여생餘生
을 겸허하게 성찰하는 이 시는 '하늘의 문'이라는 대목이 암
시하듯, 기독교적 신앙을 받들면서 버리려는 책상을 통해
언젠가 삶을 마감해야 할 자신을 낮은 자세로 들여다보는
데 주어져 있다. 신이 빚은 뒤 거둘 때까지 그 '유통기한'을
안일하지 않게 살아야겠다는 심경을 "내가 나온 하늘의 문
/ 나 들어갈 때 좁아지면 어쩌지"라는 염려와 우려로 표현하
고 있지만, 그 '좁은 문'을 온전히 들어가고 싶은 열망을 에
둘러 말하는 것으로 읽힌다.
　시인은 그 '좁은 문'을 향해 펑퍼짐하지 않게 삶을 담금질
하는 방법의 하나로 시의 길을 지향한다. 「어리호박벌」에서
그리고 있듯이, 홀로 꿀을 찾아 떠도는 어리호박벌처럼 시
의 세계에 다다르기 위해 "이 시집 저 시집 무작위로 갈아"타
는가 하면, "동가식서가숙東家食西家宿"한다. 그러다가 "알 수
없는 안개 바다에 / 익사할 뻔한 내 두 더듬이 / 깊은 숨 내

쉬고 밭은 숨 들이" 쉬는 때가 있다고 하더라도, "별꽃 수놓는 밤하늘 찾아 / 숨비소리 내려놓으려" 오리처럼 지속적으로 헤엄치러 간다.

　이 시에서 '별꽃 수놓은 밤하늘'은 시인이 꿈꾸는 세계이며, 보이지 않는 물 밑에서 부단히 발동작을 하는 오리처럼 헤엄치는 건 그 세계에 이르려는 탐색과 추구의 연속행위라 할 수 있다. 「자화상」에서 그리듯 타인의 시는 그 세계로 나아가게 하는 자양분인 "맛있는 끼니"다.

　　　　이 틈 찌꺼기 뽑아 먹는 악어새처럼
　　　　시인묵객들이 남긴
　　　　감정의 편린들 건질 수 있다면
　　　　맛있는 끼니가 될 거야

　　　　내 몸 빠져나간 정신의 무리
　　　　울산 앞바다에 놓아준 돌고래 재돌이 되어
　　　　남태평양쯤 가서 푸른 별의 무늬
　　　　검은 등피에 새겨 넣었을까
　　　　　―「자화상」 부분

　시인은 시의 길을 한껏 낮은 자세로 걷는다. 텍스트로 선택된 시를 쓴 시인(묵객墨客)들이 '악어'라면 자신은 '악어새'로 악어의 이빨 틈에 낀 찌꺼기(감정의 편린)를 건질 수 있기를 바란다. 하지만 이 겸허한 마음자리에는 자신의 '정신의 무리'가 멀고 넓은 바다에서 검은 등피에 '푸른 별의 무늬'를 새겨넣는 돌고래와 같이 이상적인 세계로 나아갈 수 있기를 바라는 소망이 은밀하게 포개어져 있다. 그 마음자리에는 시인을 따르고 시인들과 자신이 상생相生하려는 공동체의식이 작용하고 있기도 하다.

이 같은 시적 지향과 추구는 「늦부지런」에서와 같이 '코뚜레=노트북'이라는 등식等式을 통해 그 코뚜레가 "그늘에 젖은 나를 길들이려" 하며, "몸피 자르르한 속살도, 날뛰던 눈빛도 / 순한 눈빛으로 바꾸어 놓"(같은 시)고, "둥근 못물 굽 도는 백로 쫓"게도 한다는 것이다. 이 때문에 시인은 시 안에 갇혀 "붉은 콧물 훔치며 책상 앞에 앉으니 / 겨울 아침이 바"쁠 수밖에 없다. 시의 길 가기는 이같이 '붉은 콧물'(코피)을 훔치게 할 정도로 고될지라도, 그 '늦부지런'이 지속적인 시 단련의 고삐를 늦추지 않게 추동推動한다. 이 배움의 자세는

　　　　까까머리 학생 시절로 되돌아가려고
　　　　매주 수요일 10시의 나는
　　　　타임머신에 올라탄다

　　　　〈중략〉

　　　　기계충 번진 까까머리
　　　　빨간 옥도정기 듬성듬성 바른다
　　　　　—「어제도 숙제 오늘도 숙제」 부분

는 대목에서 읽게 되는 바와 같이, 매일 숙제를 하듯 시 쓰기에 열중하고, 그 숙제를 힘겹게 해서 매주 하루는 시 수업을 하러 가는 성실성으로 이어진다. 더구나 까까머리 학생 시절로 되돌아가려고 타임머신에 탄다거나 기계충 번진 까까머리에 옥도정기를 바른다는 건 시 쓰기뿐 아니라 삶에 대한 치열성治熱性과 그 험난한 과정들을 드러내 보이는 은유라 할 수 있다.

시 수련과 추구의 과정을 떠올리는 이 일련의 시편들은 시인이 일상에서 '안일의 무게'를 염려하고 우려하는 차원을 넘어서서 끊임없이 더 나은 삶을 꿈꾸고 지향한다는 사실도 은근하게 암시暗示한다. 시는 궁극적으로 더 나은 삶, 더 나은 세계를 향한 꿈꾸기이며, 시인이 말하는 '좁은 문'으로 들게 하는 초월超越에의 지향이기도 하기 때문일 것이다.

iii) 시인의 '늦부지런'은 일상의 길 나서기에도 어김없이 반영된다. 시인이 자주 조우遭遇하는 일상의 풍경들은 '늦부지런'에 힘입어 다채로운 양상의 결과 무늬들을 떠올린다. 낯익은 풍경들도 낯설게 빚거나 그 연원에 천착하는 시편들은 형이상학적形而上學的 길 트기로서의 더 나은 삶 꿈꾸기, 종교적 신앙을 뿌리로 한 이상세계 추구, 역사의식을 투영한 휴머니티 등 다양한 빛깔을 띠고 있다. 그 풍경들은 대부분 재현된 풍경들이 아니라 시인의 감정을 반영하고 투사投

絆한 풍경들이다.

봄이 돌아온 대구의 수성못 풍경을 노숙한 뒤 갓 이발하고 세면을 한 것처럼 "도루코 면도날로 갈대 수염 밀어내고도 / 관자놀이 펄펄 뛰는"(「수성못 이발사」) 모습으로 생동감 넘치게 그리면서, 인격까지 부여하는 시인의 감정을 이입해서 떠올린다.

> 주둥이 날갯죽지에 묻은 흰 오리배는
> 오수에 눈먼 거위의 춘정에
> 상화동산 매화나무더러 얼른 꽃 피라 한다
>
> 미세 먼지 농도 68 따위 알아도 모른 체
> 비누 거품 지느러미 붓질하던 금잔디
> 초록 속잎 틔우라고 낙화를 노래한 건
> 삼라만상이 그믐달로 이울 무렵
> 시비詩碑 속 독락당에 은거한 상화도 알기 때문이다
>
> 〈중략〉
>
> 배 젖은 물오리는 나비넥타이 매고서야
> 봄나들이 나온 상춘객을 맞는다
> ─「수성못 이발사」 부분

못물 위의 오리배, 못둑의 상화尙火동산과 시비, 매화나무와 금잔디, 나들이 나온 상춘객賞春客을 끌어당겨 유기적으로 묘사한 이 시는 대상을 신선하게 주관화하고 있어 시적 묘미가 돋보인다. 오리배가 주둥이를 날갯죽지에 묻었다던가 오수午睡에 눈면 거위의 춘정春情과 같은 희화적戲畵的 표현, 매화나무에게 꽃 피우기를 채근하는 오리배와 붓질하는 금잔디, 시비 속 독락당獨樂堂에 은거하는 상화, 나비넥타이를 맨 오리 등의 서정적 묘사는 시인의 내면을 투사한 은유적 심상心象 풍경들이다.

그런가 하면, 서울의 한 거리를 묘사한 「율곡로에서」는 "'계동 공간 사옥은 건축계의 거장 김수근의 자취다'"라며, "낯설지 않은 백남준의 비디오아트 퍼즐 맞추기를 끝낸 듯" 그 구조가 "건축에 문외한인 내게 느낌표를 선사한다"고 언급하고 있으며, "정주영 회장이 소 몰고 군사분계선 넘던 / 현대사옥 후원이 담장 너머 한눈에 들어"오는 걸 기꺼워하고, "붉은 석류 아래 이를 잡는 까치 두 마리는 / 김기창 화백 솜씨다"라고 거리 풍경들을 예사로 보지 않고 그 연원까지 거슬러 올라 짚으며 바라본다.

시인의 서정적 자아는 "소피보러 나온 새벽별 / 제라늄 화분에 물 주려고 밑동 살펴보니, / 제 발등 핥으며 / 저승사자 처분만 기다린다"(「하늘 접안」)라거나 "기쁨 선사할 꽃에게 / 달려온 노을은 / 무학산 봉우리 너머 / 하늘 항구에 접안할 듯 / 붕붕거린다"(같은 시)는 아름다운 묘사를 낳고 있으며, "늪도, 주걱턱 활짝 벌리고 하품할 때가 있다"(「괴정리, 늦가을」)거나 "오백 살 먹은 소나무가 / 구름 끈을 입술

로 풀어낸다"(「운문의 길」)는 자연(사물)의 의인화擬人化로
시인 특유의 표현과 그 묘미를 증폭시킨다.

마지 올린 법당에서
어젯밤 꿈 이야기 풀어놓는데
꽃살문에 앉은 나비가 눈썹달 시샘한다

느티나무에 걸린 청사초롱 쫓아왔느냐고 묻자
210자 해인도 등에 지고
돌계단 한 층 한 층 날아올랐다 한다

어디서 온 나비냐고 다시 묻자
횡경막 싸고도는 만첩청산에서 이끼 낀 부도 어루만지다
저승길 들러서 왔다 한다

일찍 해 지는 매화산 버리고
이번엔 어디로 갈 거냐고 되묻자
푸른 파도치는 동해로 가겠다 한다

〈중략〉

땅거미에 젖은 국화 분 곁 벗어둔
신발 끈을 나비가 풀고 있다
　―「홍류동, 시월」 부분

　법당法堂에서 부처에게 공양供養을 올린 뒤 간밤의 꿈 이야
기를 반추하는 이 시는 불교에서 말하는 '제행무상諸行無常'
과 장자莊子의 '나비'를 연상케 하며, 삶의 깊이 들여다보려

는 시인의 내면 풍경을 은유적으로 떠올리는 것으로도 읽힌
다. 나비가 이끼 낀 부도를 어루만지면서 저승길 둘러보던
만첩청산萬疊靑山에서 해인海印을 등에 지고 매화산(홍류동)
절의 돌계단을 날아올라 법당 꽃살문에 앉았지만, 다시 동
해로 떠난다는 서사敍事를 감정이입을 통해 풀어낸다.

하지만 시인은 왜 그 나비가 눈썹달을 시샘하고, 자신이
벗어둔 신발 끈을 풀고 있다고 여기고 있는 것일까. 아마도
모든 현상이 시시각각으로 생성生成되고 소멸하면서 언제나
변할 수밖에 없다는 무상의 진리에 대한 깨달음을 나비에
빗대어 다소는 반어적 어법으로 말하는 것이 아닐까. 「운문
의 길」도 비슷한 맥락의 시다.

> 카멜레온처럼 변신의 귀재라 해도
> 천당과 지옥을 번갈아 들 수 없음에
> 나 변복하고 운문사 드는 길
>
> 뒤뜰 선돌 바위에게 무심을 배워
> 무겁던 마음마저 내려놓고
> 운문사 나서는 길
>
> 저녁 예불 종소리에
> 어린 꽃나무들 발목 시릴까
> 떠돌던 내 방랑의 삶에도
> 이제 옥빛 대님을 묶는다
> ―「운문의 길」 부분

역시 산사山寺를 배경으로 한 이 시에서는 '무심無心'의 경지를 지향하는 마음의 움직임을 은유에 기대어 떠올린다. 남이 알아보지 못하게 평소와 다른 옷을 입고 운문사雲門寺에 들어 절 뒤뜰에 서 있는 바위에게 '무심'을 배운 뒤 무거운 마음 내려놓고 나오는 시인은 자신뿐 아니라 어린 꽃나무들도 저녁 예불 종소리에 발목 시려올까 저어하는가 하면, 방랑하던 삶에도 "대님을 묶는다"는 결의決意를 내비친다.

신성神聖한 '운문의 길'을 들어설 때 변복變服한다는 건 평소와 다른 외양이 아니라 그런 마음가짐을, 삶에 대님을 묶는다는 건 몸을 가둔다기보다 정신의 매무새를 가다듬는다는 뉘앙스로 다가온다. 시인은 형이상학적인 '신성한 길 나서기'로 그 경지에 이르는 깨달음을 드러내 보인다고 할 수 있다.

한편 시인은 「별들의 귀향」이라는 시에서 "유골 작업을 하던 유학산 산등성이 / 들었다 놓는 저울추에 / 뼈들의 무게가 얹혀 있다"는 다분히 추상적인 언어(은유)로 운을 떼면서 6·25 한국전쟁의 참상을 단적으로 일깨운다. 역사의식을 바탕으로 한 이 시는 처절한 참호전투의 흔적을

인민군과 국군이 함께 든 구덩이
죽고 죽이던 참호 속
순간의 분노와 증오심은 무게를 내려놓고
넓적다리뼈 서로 포개었다

〈중략〉

이유 없이 달아올랐던 적개심이
유유한 낙동강 강물에
닳은 별빛
헹구고 있다
　―「별들의 귀향」부분

고 묘사한다. 국군과 인민군이 치열하게 죽이고 죽던 참호
속의 유골遺骨들이 한 구덩이에 포개져 있는 모습을 "순간
의 분노와 증오심은 무게를 내려놓고 / 넓적다리뼈 서로 포
개었다"고 본다. 또한 낙동강 전투에서 서로 죽이고 죽던 싸
움(육박전肉薄戰)은 "이유 없이 달아올랐던 적개심" 때문이었
으며 그 적개심이 이젠 "유유한 낙동강 강물에 / 닳은 별빛
/ 헹구고 있다"고도 들여다본다.

　이 같은 지극히 인간적인 관점은 앞에서 언급한 '제행무
상'이나 '무심'과 궤를 같이하며, 민족적 비극을 승화해서 바
라보는 경우에 다름 아니다. 서로 적이 되어 싸우는 것을 '순
간의 분노와 증오심'이나 '이유 없는 적개심' 때문으로 보는
건 그 동족상잔同族相殘의 비극에 천착穿鑿해 그 본질을 꿰뚫
어 보는 탓이며, 피아彼我가 서로 넓적다리 포개고 적개심을
강물에 헹구는 화해의 모습으로 승화시켜 바라보는 것도 '
제행무상'과 '무심'의 관점과 무관하지 않아 보인다. 시인이
피아 할 것 없이 모두 별들이며, 궁극적으로는 본향本鄕으로
회귀한다고 보는 관점도 그 때문일 것이다.

ⅳ) 권순우의 시에 두드러지는 특징은 분방한 발상과 상상력에다 어떤 사물이든 인간의 반열로 끌어당겨 들여다보고, 그 세계를 자아화하거나 감정이입을 한 풍경으로 묘사하며, 다각적인 은유의 옷을 입히는 언어 구사력이 능란하다는 점이다.

그 예를 들자면 끝이 잘 안 보일 정도다. "지붕 사래 끝, 귀면와鬼面瓦가 / 서울 길 가로막은 코로나바이러스를 / 송곳니로 잘근잘근 깨물고 있다"(「도깨비, 추석」), "후투티는 몬드리안이다 / 수미상관법을 아는 화가의 눈치"라며 "몬드리안보다 우아하게 / 펼친 날개는 검은 줄무늬 데칼코마니 // 털붓 꽁지 세우고 깝죽거린다"(「황금비율」)는 묘사 등이 그렇다.

"뭉게구름 핀 상고머리 목둘레에도 / 흰 스피커가 걸려 / 김 씨 막내딸 혼사 알리는 / 면도날 같은 이장 목소리에 / 뚝뚝 거품 꽃 지고 있다"(「목련나무 이발소」), "밑동 굵은 후박나무가 달빛을 이고 / 어물쩍 불러 세운 사립문 앞에서 / 한 남자 굴렁쇠를 굴린다 // 〈중략〉 // 후박나무 밑동 달빛에 베이듯이"(「굴렁쇠 남자」) 등의 묘사 역시 마찬가지다.

구불거리는 물뱀의 수로
방죽 길에 오른 가을이 내 오른쪽 팔을 낀다

방아깨비와 빼빼가 짝짓기 하는 논두렁

사마귀는 톱니바퀴 손으로 나락을 벤다

배롱나무 줄기 타고 오른 칡넝쿨이
백일홍꽃 배부르게 따 먹고 목젖 벌린 선하품

익모초 겨드랑이에 긴 침 꽂은 청벌은
쓴 가을볕 뒷맛 또한 달다며 이구동성이다

내가 사는 세상 정치판은
먹고 먹히는 먹이사슬과 다르지 않아
죽간 닳도록 시경을 읊을 억새 공자는
유려한 달관의 붓질이다

내 갈 길 깝치다
오늘 허수아비가 되고 보니
수로 문리 트이듯 시정에 빠진 나는
가창 하늘 하현달 지는 줄 모른다
　―「물꼬, 트이다」 전문

　시인의 상상력은 거침이 없고, 종횡무진으로 번지고 퍼
진다. 모든 자연이나 사물을 가까이 끌어당기고 밀기도 하
며, 내면으로 끌어들이고 내면을 바깥으로 확산하기도 한
다. 수로水路에 물뱀이 구불거리는 장면에 착안해 '물뱀의 수
로'라고 명명하며, 방죽길에 완연해진 '가을'을 마치 사람처
럼 화자의 오른쪽 팔을 끼는가 하면, 논두렁에도 차오르는
풍요를 방아깨비와 삐삐가 짝짓기를 하는 것으로 그리는가

하면, 손발이 날카로운 사마귀를 톱니바퀴 손으로 익은 나락을 베는 모습으로 그린다.

배롱꽃 질 무렵의 칡넝쿨을 그 꽃을 배부르게 따먹고 목젖까지 보이도록 선하품을 하는 것으로, 익모초 겨드랑이를 빠는 청벌이 가을볕 달다고 입을 모은다고, 가을뿐 아니라 방아깨비, 빼빼, 사마귀, 칡넝쿨, 익모초, 청벌 할 것 없이 모두가 인격이 부여된 사람 반열로 끌어당겨져 있다.

하지만 정작 인간 세상으로 눈을 돌리면서는 정치판을 먹고 먹히는 먹이사슬 같다고 비판적인 시각으로 바라보는 반면, 가을바람에 일렁이는 억새를 "죽간 닳도록 시경을 읊은" 공자(헌자賢者)로 "유려한 달관의 붓질"을 한다고 보고 있다. 이런 정황에서 화자도 갈 길을 재촉하지만 '허수아비'일 수밖에 없어진다. 그러니 수로 문리 트이듯 시정에 빠져가는 시간인들 안중에 있을 리 없다. 이 경우 다분히 자조적自嘲的인 현실비판을 풍요로운 가을 풍경에 대입해 아프게 떠올리는 시로, 이 시인의 시적 특성의 일단을 보여 준다고 할 수 있다.

시인의 이 같은 언어 구사력과 분방한 상상력은 "낮달이 망초꽃에 들 무렵 / 바퀴에 흙 묻은 화물차가 / 산 옆구리를 치고 달려갔다"(「망각곡선」)는 표현과 "건들장마 뒤따라 가다 / 거머리에 물린 단발머리 아이는 / 붉은 다리를 끌고 / 무심코 가 닿은 벽오동역"(같은 시)과 같은 표현을 낳

고 있으며, '코로나19'에 발목 붙잡혀 서울로 역귀성逆歸省
도 하지 못하고 고향 집 어머니를 보듯 치자꽃을 보며 "누
마루 빗장뼈에 닿아서도 / 칼자루 빙글빙글 돌리며 곱사등
이 발목 잡던 하얀 꽃"(「도깨비, 추석」)이라는 생각도 하게
됐을 것이다.

한편, 시인은 예술에 대한 생각(체험)을 드러내 보이는 일
련의 시에서도 특유의 언어 감각을 보여 준다. 조희룡의 '매
화서옥도'를 "굴뚝 연기 속살 드러낼 때 / 엷은 묵즙 스며든
화선지 / 어슷 썬 연근 구멍 사이로 붓방아를 찧듯 / 날려 보
낸 눈송이들"이라고 그리면서 "벼루 밑창 열 개를 구멍 낸
세한도보다 / 간송 미술관 수장고 문틈으로 세상을 기웃거
리는 / 매화서옥도가 나는 좋았다"(「매화서옥도」)고 단정하
기도 한다. 또한 대구가 낳은 서양화가 이인성의 그림에 대
해서는

현해탄 건너온 고추잠자리
흙 색깔로 부는 피리에 앉을 때

단숨에 내리긋는 선 끝에서
스케치를 끝낸 남편 옷을 벗겨주던
그의 아내가 된 나는

'경주 산곡'에 가고 싶었다

서른아홉 요절한 수평선 붉어서
　　　까치놀은 서럽게 지고
　　　　─「이인성의 거울」 부분

라고, 마치 그의 아내가 된 듯한 시각으로 그림 속의 '경주
산곡'을 곡진하게 동경하며, 마흔 살도 되기 전에 요절한 그
의 생애를 애달파한다. 러시아 출신 화가 마르크 샤갈의 그
림을 서울 인사동 전시회에서 감상한 뒤 구입한 판화(복사
판일 것) 한 점을 두고도 "꽃바구니 앞에 선 나부와 신랑이
붕 떠 있는 청색 / 그날의 신비는 혼자 보고 받아온 두루마
리 그림"(「디아스포라의 슬픔」)이라고 신비화하면서 샤갈
의 생애를 기린다.

　　　염소 기르고 농사짓던 러시아 떠나
　　　파리를 떠돌다 건너간 미국에서
　　　팔레스타인을 여행하다 그는
　　　자신이 이스라엘 백성임을 깨달았다 한다

　　　다윗을 모델로 뿌리 내리지 못한 조국에 대한 향수로
　　　그의 손을 잡은 '벨라'는 공중을 날고 있다

　　　미디어아트 볼 때 색채가 화려할수록
　　　눈물은 몽환적인 떠돌이의 애환

　　　사각의 판화가 모서리를 허물고 있다
　　　　─「디아스포라의 슬픔」 부분

시인은 환상의 세계를 신비스럽게 그린 작품으로 유명한 샤갈의 우수 어린 향수鄕愁에 마음 끼얹으며 그 비애를 부각시킨다. 러시아에서 태어나 주로 프랑스 파리에서 활동했지만 이국을 떠돌았던 그의 그림에 '벨라'가 손을 잡고 공중을 나는 장면에 눈길을 주면서 "몽환적인 떠돌이의 애환"이라고 풀이하고, 그 디아스포라(특정 민족이 살던 땅을 떠나 다른 곳에 옮겨 사는 집단)의 한 사람으로서의 애환이 그림의 사각 모서리가 허무는 것으로 바라본다.

자신의 방을 '적막의 섬'이라고 여기는 시인은 「달방」이라는 시에서 자신의 한계는 클레멘티의 '소나티네 12'이며, 야단을 펼쳐 자신이 부치는 전은 '아들의 클라리넷 G단조'라든가, 베토벤의 음악을 떠올리며 "바이올린 소나타 9번 크로이처는 / 젖은 속눈썹일지도 모른다"든가 "범어도서관 가는 길 / 현악 4중주 16번을 끝으로 / 주름진 뒷덜미가 서늘하다"(「피서」)고 클레식의 세계를 시에 접맥시켜 자신의 느낌을 포개어 보이기도 한다.

v) 권순우 시의 또 다른 특징은 토속적이고 향토적인 '복고적 정서'를 아름답게 승화해 반추反芻하고, 그 공간의 사람들에 대한 그리움과 연민을 애틋하고 절절하게 그리는 점이다. 하지만 또 한편으로는 그런 정서의 연장 선상에서 '지금 / 여기'에서의 자신을 추스르기도 하고, '내리사랑'과

따스한 배려의 모습을 진솔하게 드러내 보이기도 한다.

옛날의 비슬산 국시(국수)집을 떠올리면서 "항아리가 건네는 배불뚝이 인사에 / 지렁이 쪼아 먹던 수탉 / 붉은 볏, 흔든다"든가 "장독에 올려 둔 국시물 마시려고 / 허기진 별은 / 무릎걸음으로 기어 온다"(「가락」)는 표현과 "문설주 곁으로 걸어 나온 고무함지가 / 꽃을 품더니, 연밥까지 품었다"(「다강산방」)는 묘사에는 그리움 속에 자리매김한 토속적인 정서가 미만彌滿해 있다.

게다가 이 같은 복고적 정서의 공간에는 "달그림자 밟으며 휘파람 불던 동네내 아이들 / 문득문득 그리운 걸 보면 나도 어지간히 늙은 게지"(「나를 소환하다」)라는 회한悔恨에 잠기기도 하고, "날 두고 떠나 감감무소식인 너 / 종아리 둥둥 걷고 달려오지 않으련"이라고 '옛날의 자신'(너)을 소환해보기도 하며, "똬리 버리고 서울로 달아난 금순이 / 물동이에 보름달 이고 돌아올까"(「가락」)라는 친구 생각도 자리잡고 있다. 그렇다면 그리움 속에 자리매김하고 있는 '똬리'는 어떤 모습일까.

> 빡빡이 된장 넣고 싸는 호박잎 쌈
> 왼손가락 뜨거워도
> 임금님 수라상 부럽지 않았다
>
> 시렁 위로 옮겨온 넝쿨 향기
> 호박 마차 타던 신데렐라를 흔들어 깨웠으니

무엇이 더 부러우랴

호박 꼭지로 들기름 바르던 솥뚜껑 들추자
무자치 뱀이 있어, 더 반짝이는 은하수

지금은 어느 하늘 별꽃 아래
가르마 고운 어머니
곡옥처럼 잠들어 계실까
　―「따리」 전문

　그 따리 속에는 호박잎 쌈을 싸 먹던 "호박 마차 타던 신
데렐라"가 있고, 그 신데렐라(자신)를 흔들어 깨우던 향기와
반짝이는 은하수, "가르마 고운 어머니"가 있지 않은가. 이
그리움의 정서에는 더할 나위 없이 마음만은 풍요로웠던 그
시절의 자신과 친구, 특히 어머니를 소중하게 여기는 마음
이 담겨 있으며, 어머니가 별꽃 아래 곡옥曲玉처럼 잠들어 있
기를 염원하는 마음 또한 곡진하게 저미듯 깃들어 있다.
　특히 그 어머니는 애틋한 그리움 속 연민의 대상이다. 아
버지가 자신이 태어나기도 전인 6·25 한국전쟁 때 산화한
뒤 "청상에 홀로 키운 새끼 가을볕에 단물 들 때마다 / 눈물
은 목포로 흘러서 비틀거리는 골목"(「쓴꽃」)을 떠올리게 하
며, 무덤의 씀바귀꽃을 어머니로 환치換置해 "엄마 손끝이 /
또 피려고 날리는 하얀 솜털"로 바라보면서 추위에 언 발돋
움을 한다고 여기고, "명년 봄에도 오실 어머니를" 마중하고

싶게도 한다.

할머니에 대한 그리움도 거의 마찬가지다. "십 리 길 이고 산 보리 팔아 / 안계장 난전에서 사다 준 꽃신"을 솔갈비 긁다가 찢어져 할머니가 꿰매 주던 기억을 반추하는 「꽃신 속으로」는 "반세기 건너와 내 책상 위에 날개를 접고 있다"며, 그 "꽃신 속 / 은줄팔랑할머니나비를 / 나 이제나저제나 부르고 있다"고 노래한다.

하지만 그렇다고 시인은 '지금 / 여기'를 우울하고 무겁게만 여기지는 않는다. "첫 시집 날개에 담아둘 얼굴 / 흑백의 배경이 된 건 해운대 백사장 // 찍혀진 사진 얼굴 주름 지우고 나니 / 보리밭에서 책보 껴안고 / 상엿집 지나온 내가 거기 서 있다"(「뽀샵하다」)고 스스로 위안慰安한다. 나아가 자신을 "만월 먹고 그믐 이고 살아가다가 / 아침저녁으로 변하는 공작새"(「웃음의 미학」)라며, "햇살 냄새 잔뜩 머금은 빨래들은 / 공작의 나르시스를 위해 / 방 안으로 걸어 들어온다"거나 "척척 개어지는 달빛이 / 아코디언을 켠다"(같은 시)고도 한다. 온 길 만큼 가야 할 길이 있는 '반환점'을 돈다는 생각 때문일는지도 모른다.

> 해 뜰 무렵 산에 오른 나는 활엽수림 지나
> 침엽수림에 이르러 관절 녹슬지 않도록
> 무릎에게도 한 쌈의 침밥을 먹인다
>
> 〈중략〉

손에 손 잡은 솔수펑이에서 나머지 한 손으로
　　되짚어 제자리 돌아온 칡꽃도 싸리꽃도
　　춤추자 손을 내민다
　　　―「반환점」부분

　건강을 지키기 위해 이른 아침에 등산登山(또는 산책)하면
서 바라보는 주위도, 들여다보이는 자신도 아침 기운에 상
응相應하는 분위기다. 무릎에 침을 놓는 건 관절의 원활을
위해서이고, 칡꽃도 싸리꽃도 춤추자고 손을 내미는 건 자
신의 미음에 그렇게 비치기 때문이라는 점을 간과하지 말아
야 한다.
　'내리사랑'은 「꿀꿀꿀」에서 "수서발 SRT 타고 내려온 / 막
내아들 내외"가 "집 밥 한 끼 안 먹은 채" 떠난다니 양념갈
비를 만들면서 "배 즙 갈아 양념한 돼지갈비들 / 꿀꿀꿀 갈
비뼈 부딪치는 소리"를 듣는 모성애母性愛의 희화화로 그려
지고, 손자손녀를 향해서는 그보다도 농도가 한결 짙은 빛
깔로 떠오른다.

　　설 쇠러 오는 손자손녀 맞으려고
　　백자 항아리는
　　달 없는 하늘에 앉았다

　　개밥바라기만 내일이 설이라며
　　주고받는 계란꾸러미

> 온몸으로 먹구름 밀고 가는 달 항아리는
> 흰 우주정거장이다
>
> ―「섣달그믐」 부분

 섣달그믐 날 설 쇠러 오는 손자손녀를 기다리는 자신을 백자 항아리에 비유하고 그 보이지 않는 달 항아리를 온몸으로 먹구름을 밀고 가는 것으로 그리고, 백자 항아리인 자신이 결국은 "흰 우주정거장"이라는 은유가 범상하지 않으며, 할머니의 심중을 곡진하게 보여 준다고 할 수 있다.

> 분가한 우주네가 겨울방학을 맞아
> 우주의 외가인 나의 집에 왔다
>
> 우주를 우주에게 물려주었으니
> 난 이제 우주 밖이면 된다고 했는데
> 우주가 와서
> 나 또한 우주의 일부가 되었다
>
> ―「빛의 곳간」 부분

 역시 특유의 은유가 돋보이는 이 시는 손자의 이름이기도 한 '우주'라는 어휘를 다각적으로 변용하면서 한 주일 만에 빽빽하던 '우주선'인 냉장고 안이 헐렁해지고 "계약 기간 만료되었다는 듯 / 머물던 우주"가 떠난 뒤 다시 속 텅 빈 냉장고 채워 넣으려 수레를 끌고 마트로 가는 마음을 기껍게 그린다. 시인은 곧바로 "머지않아 녹슨 우주인 내가 / 아주 먼 우주로 먼저 떠난 자리 / 엄마가 빛으로 채워 둔 냉장고 / 야금야금 파먹으러 가볼까"라는 어머니 생각으로 마음을 가져가는 건 '내리사랑'의 의미를 더욱 강조하려 하기 때문일는지도 모른다.

손자에게는 "이모를 엄마인 줄 알고 이모와 한방에서 성장"해 "네 개의 베개를 징검돌인 양 / 좁은 문간방에 가지런히 놓아 주"(「현승이」)는 할머니이며, 자신은 지는 해로 뜨는 해인 아이에게 "거꾸로 돌아가는 세월에도 뜨고 지는 해 / 비행기 날리는 아이의 손이 / 풋보리 등처럼 푸르다"(「뜨는 해, 지는 해」)고도 한다.

vi) 현실을 바라보는 시선이 따스하고 너그럽다는 점도 권순우의 시가 거느리는 미덕이 아닐 수 없다. 그 이면裏面에는 끊임없는 세월의 흐름과 맞물리면서도 한결같은 질서 속에 놓여 있는 세상의 이치와 순리에 대한 깨달음의 지혜들이 깃들어 있으며, 성서 구절에도 나오듯이 "오른손 하는 일을 왼손 모르게"(「반환점」)하려는 실천 덕목을 소중하게 받드는 자세를 보여 주기 때문이다.

시인은 "산이 물을 건너지 못하자 / 물이 산 옆구리를 껴안고 맨발로 돌아"(「삼척 기행」)가는 자연의 순리를 체감하면서 각박하고 삭막한 세상과 그 현실에 눈을 돌리면서도 그와 같은 유연한 자세로 따뜻하고 너그러운 휴머니티를 발산發散해 보인다.

「둥근 암시」에서는 "마음 오가는 자리는 짐승이나 사람이나 은연중에 알아채는" 점도 상기시킨다. 앵두나무에 쇠줄로 묶여 있는 '진순이'(진돗개)에 마음을 보내는 이 시는 새끼(진돌이)를 떠나보낸 '진순이'가 "진네츄럴, 장의사, 온샘교회 지나는 골목"을 지킨다며, "태엽을 감고 푸는" 진순이가 "길 위의 생, 왔다갔다 흔들리는 걸 알아본다"고 그린다. 자식을 떠나보내고 그 골목길을 오가며 세월을 보내는 자신의 처지를 진돗개에 빗대어 은밀하게 '둥근 암시'를 한다고 봐도 좋을 것이다.

따스하고 너그러운 시인의 마음자리는 「화무십일홍」에서 보다 직접적이고 구체적인 모습으로 떠올라 있다. 불경기不景氣에 매물로 나온 온샘교회의 주인장이 화가 나서 자른 매화나무 가지를 주어 유리병에 꽂아 놓고 찬송가를 들려주자 풍금 소리 튀듯 꽃이 핀다는 대목은 그 예다. 더구나 "온샘교회 누군가에게 매수된다 한들 / 백일 지나 천일 동안 / 기억 속 남아 있을 매화 향기는 / 누구도 가로챌 수 없"을 것이라는 대목은 의미심장한 여운餘韻을 남긴다.

세상을 바라보는 시선이 자연을 향했을 때도 이 같은 시인의 감정(내면)이 그대로 투사되며, 사람들이 살아가는 세

상을 들여보듯 휴머니티로 착색해 보인다. 「탁란조」와 「염
낭거미론」는 식물과 동물의 세계를 인간 세상에 빗대어 우
화寓話처럼 그려 보인다.

청미래덩굴은 연둣빛 낚싯대다

뻐꾸기 새끼를 낚고
동동거리는 개개비를 낚고
먹여 살릴 벌레도 낚는다

〈중략〉

이 골 저 골 우는 뻐꾸기
탄로 날까 숨어서 두근거렸다

들판 쇄골 시릴까
감자꽃 홑이불로 덮이는 날에도
멀리서 지켜보는 개개비 둥지

청미래덩굴로 솟는 저녁연기
오늘도
무럭무럭이다
ㅡ「탁란조」부분

새가 다른 새의 둥지에 알을 낳아 그 새가 자기 알을 품고
까서 기르는 탁란托卵에 착안해 청미래덩굴의 모습부터 그
리면서, 이 연둣빛 덩굴을 뻐꾸기 새끼와 개개비(휘파람새)

를 낚는 낚싯대에 비유하며, 뻐꾸기 새끼를 먹여 살릴 벌레들을 낚는다고도 한다. 개개비와 뻐꾸기 새끼, 벌레들이 청미래덩굴에서 사는 모습을 거꾸로 낚이고 낚는 것으로 전도順倒해서 기실은 청미래덩굴의 너그러운 포용력을 역설적으로 떠올린다고 볼 수 있다.

개개비는 자기보다 덩치가 더 큰 뻐꾸기의 알을 포란抱卵시켜 먹여 살리지만, 숨어서 우는 뻐꾸기는 그 사실이 탄로날까 두려워 가슴 두근거리며 멀리서 개개비 둥지를 지켜볼 수밖에 없다. 그 가슴 죄는 모습을 "들판 쇄골 시릴까 / 감자꽃 홑이불로 덥히는" 개개비의 정성까지 떠올리면서 지켜보는 심경을 그리는 건 마치 어미뻐꾸기가 된 화자의 심경 묘사와 다르지 않아 보인다. 하지만 언제나 세상이 그렇듯이 청미래덩굴 위로는 평온한 듯 저녁연기가 무럭무럭 솟아오른다.

스파이더맨처럼 하늘 날아다니는
거미인 너는 엉덩이로 색실 뽑아낼 수도 있다

벗어둔 먹 고무신 안도
왕버들 아래 숨은 송사리 떼 후리던
반두의 그물도 네 집?!

저승 바람 헤집는 염낭거미는
이슬 걸려든 외줄에서 출렁거리는 어름사니
아버지 무명 두루마기가 입고 싶었나 보다

142

짚동과 짚동 사이 붉은 서답 숨겨둔
어머니의 꿀단지가 그리운 그때도
번득이는 포수의 눈으로 날개 나른한 나방의 겨드랑이에
재빨리 송곳니 밀어 넣는다

아랫배 시커먼 염낭의 너는
내가 벗어 놓은 먹 고무신 신고
목마른 기다림을 드로잉 하듯
도심의 유리벽도 넘나든다

자신의 건축 솜씨 새끼에게 보여 주기 위해
내 나약과 나태 낚아채더니
출렁이는 공중에 공중을 걸고 있다
　─「염낭거미론」전문

　거미를 불의를 물리치는 초인超人인 '스파이더맨'이나 남
사당패의 줄을 타는 사람 가운데 우두머리인 '어름사니'에
견주어 보기도 하는 이 시에서도 우화적인 묘사를 통해 염
낭거미의 생태生態를 화자의 내면으로 끌어당겨 그리고 있
다. 아마도 그래서 '염낭거미론'이라는 제목을 단 것으로 보
인다.
　아랫배에 검은 주머니(염낭)를 단 염낭거미는 모성애가
유별난 거미로 알려진다. 새끼를 부화孵化한 뒤에는 칩거하
며 새끼들을 지키고 새끼들이 자기 몸을 다 뜯어먹고 집을

나갈 때 빈 몸으로 죽게 되기 때문이다. 하지만 시인은 단 한 번 "저승을 바람 헤집는"이라는 표현 외에는 그런 비극적 생태에 대해서는 언급하지 않은 점도 간과할 수 없다.

그 생태는 엉덩이로 색실을 뽑아내고, 검은 고무신이나 반두 그물 등 하찮은 곳에서 살며, 어름사니를 연상케 하고, 그 외양을 아버지가 무명 두루마기를 입은 모습으로 그리는가 하면, 나방을 포획해 먹는 장면에 어머니의 꿀단지를 연상하게 되기도 한다. 또한 그 행동반경行動半徑을 "내가 벗어 놓은 먹 고무신 신고 / 목마른 기다림을 드로잉 하듯 / 도심의 유리벽도 넘나든다"고 은유하고 있다.

그러나 마지막 연聯에 이르러 "자신의 건축 솜씨 새끼에게 보여 주기 위해 / 내 나약과 나태 낚아채더니 / 출렁이는 공중에 공중을 걸고 있다"고, 그 비극적 삶에 연민을 보내고 있다. 자신의 삶이 오로지 새끼들을 위한 것이며, 그 모습이 스스로를 나약儒弱하고 나태懶怠하다고 자책하게 할 정도였지만, 결국 그 생애가 '공중에 공중을 거는' 행위였을 뿐이라고 보고 있기 때문이다. 이 작품 역시 에둘러 휴머니티를 곡진하게 내비치는 경우에 다름 아닌 것으로 읽힌다.